Primera edición: mayo 1992
Novena edición: mayo 2000

Dirección editorial: María Jesús Gil Iglesias
Colección dirigida por Marinella Terzi
Traducción del portugués: Manuel Barbadillo
Ilustraciones: Pablo Núñez

Título original: *Avelhinha Maluquete*
© Ana María Machado, 1986
© Ediciones SM,
 Joaquín Turina, 39 - 28044 Madrid

Comercializa: CESMA, SA - Aguacate, 43 - 28044 Madrid

ISBN: 84-348-3701-3
Depósito legal: M-16173-2000
Preimpresión: Grafilia, SL
Impreso en España/*Printed in Spain*
Orymu, SA - Ruiz de Alda, 1 - Pinto (Madrid)

La abuelita
aventurera

Ana María Machado

Ilustraciones de Pablo Núñez

ediciones SM Joaquín Turina 39 28044 Madrid

Érase una vez
una simpática viejecita
que vivía en las montañas
y tenía muchas ganas de viajar.

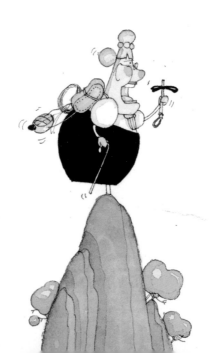

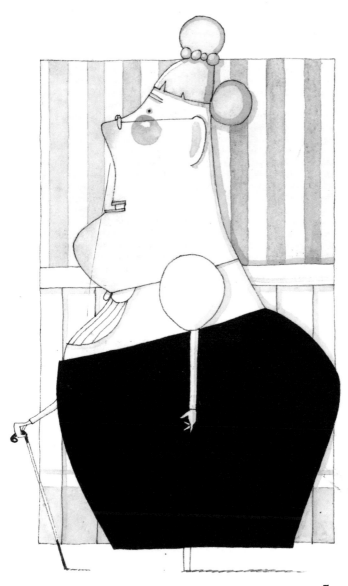

5

No tenía dinero para ir en avión
ni tampoco tenía,
para viajar,
un camión...

¡Pero sí tenía
muchísima imaginación!
Entonces... ¿sabes qué?
¡Decidió fabricarse un globo enorme
como un enorme y redondo balón!
Y cose que te cose,
cosiendo la tela,

9

y teje que te teje,
tejiendo, de mimbre, la cesta,
después de unos días
ya estaba preparado el globo
en la pradera.

Reunió pan y bizcochos,
para el desayuno y la merienda.
Y salchichas y conservas,
para la comida y la cena.

13

Y después de todo eso,
encendió una hoguera,
para calentar el aire
y que el globo subiera.

16

Cuando el globo ya iba a subir,
el ratoncito,
que vivía allí mismo,
en el campo,
junto a la casa de la abuelita,
vio todo aquello,
miró de reojo la merienda
y preguntó:

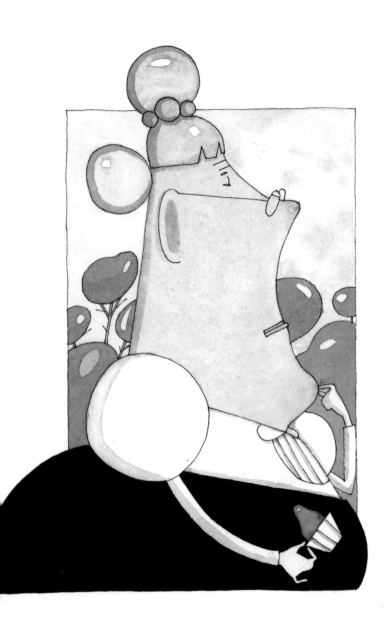

—¿Puedo ir contigo?

—Poder... poder... sí puedes.
Pero tendrás que portarte
como Dios manda.

—Claro que sí.
Lo prometo.

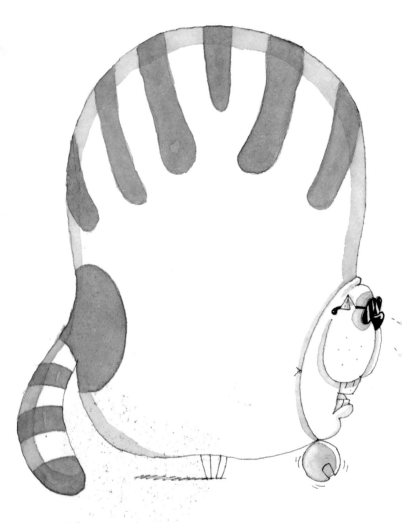

Entonces,
el gato miró de reojo al ratoncito
y preguntó:

—¿Puedo ir yo también?

—Poder... poder... sí puedes.
Pero tendrás que portarte
como Dios manda.

—Claro que sí.
Lo prometo.

Y entonces llegó el perro,

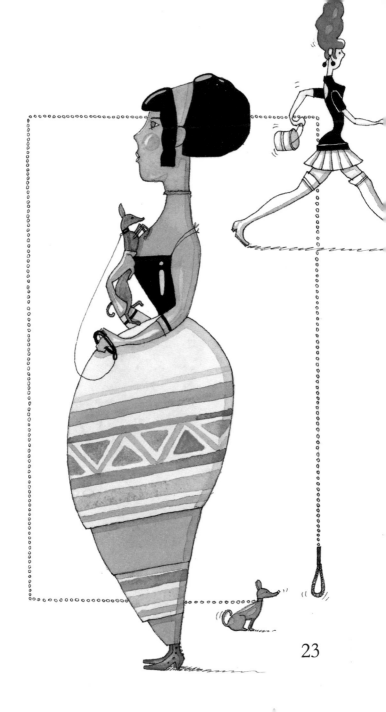

corriendo desde la colina.

—¿Puedo ir yo también?
–dijo jadeando.

—Poder... poder... sí puedes.
Pero tendrás que portarte
como Dios manda.

—Claro que sí.
Lo prometo.

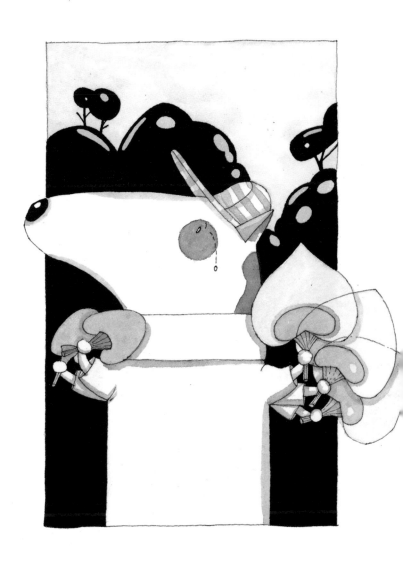

25

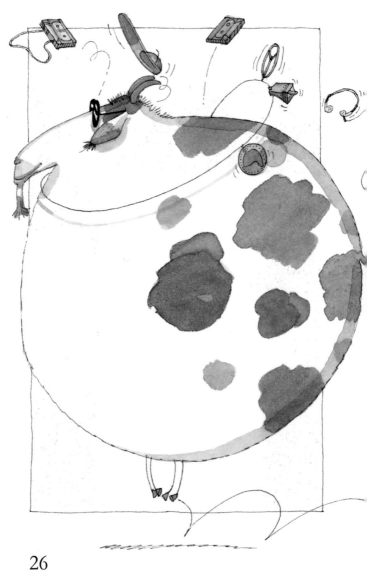

Dando brincos, presurosa,
llegó la cabra, nerviosa.

—¿Puedo ir yo también?

—Poder... poder... sí puedes.
Pero tendrás que portarte
como Dios manda.

—Claro que sí.
Lo prometo.

Al galope, sin resuello,
llegó el caballo corriendo.
    —¿Puedo ir yo también?
    —Poder... poder... sí puedes.
Pero tendrás que portarte
como Dios manda.
    —Claro que sí.
Lo prometo.

Despacito, babeando,
llegó el buey, rumiando.
  —¿Puedo ir yo también?
  —Poder... poder... sí puedes.
Pero tendrás que portarte
como Dios manda.
  —Claro que sí.
Lo prometo.

Estaban todos, apretados,
en el globo,
que iba muy cargado,
cuando apareció la mosca.

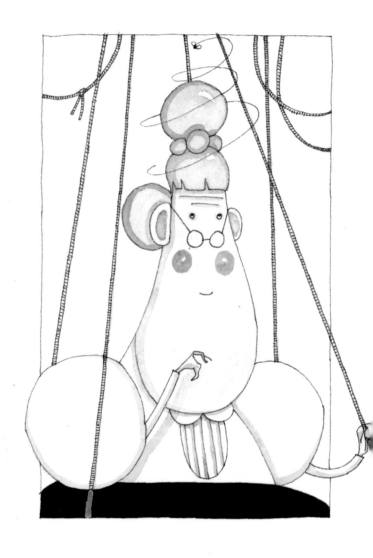

Por miedo a que la espantasen,
porque era muy molesta,
no pidió permiso
y se quedó allí, quieta.
Se quedó a un lado,
disimulando.
Y cuando el globo empezó a subir,
pegó un brinco
y se instaló en medio de todos.

Llevaban poco tiempo viajando,
cuando el ratoncito
decidió probar la comida
sin esperar a que fuese la hora.
Cuando el goloso ratón
iba a dar el primer mordisco,
la mosca voló y se puso a su lado,
por si pescaba algún trocito.

El gato la espantó, enfadado:
—¡Largo de ahí,
a usted nadie la ha invitado!
¡Váyase a molestar al buey!

Como a la mosca le encantaba
molestar y dar la lata,
se fue
y se posó en el lomo del buey.
    Y tanto le molestó
y tanta lata le dio,
que el buey, al final,
se cansó
y una cornada lanzó.
Pero como la mosca
era muy pequeña,
el buey no acertó.
Y ¡vaya jaleo
el que se armó!
    Porque le dio
la cornada
al caballo,
que se asustó

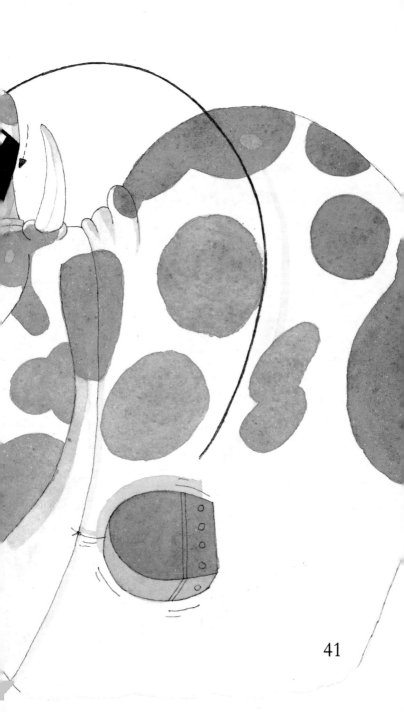

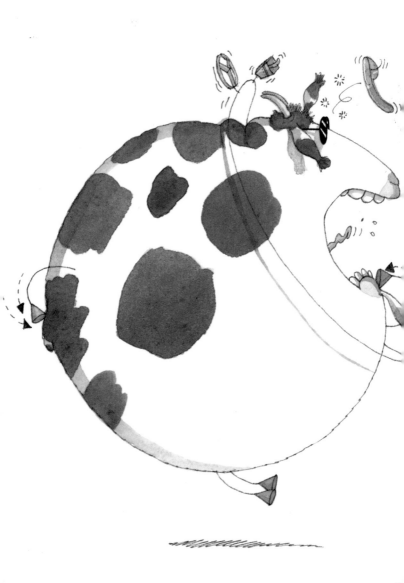

y le dio una coz a la cabra,
que se asustó

y le dio una trompada al perro,
que se asustó

y le dio un mordisco al gato,
que se asustó

y le dio un zarpazo al ratón,
que se asustó
y empezó a roer el globo.
    Y tanto revuelo se armó,
que la abuelita,
al final, se enfadó:

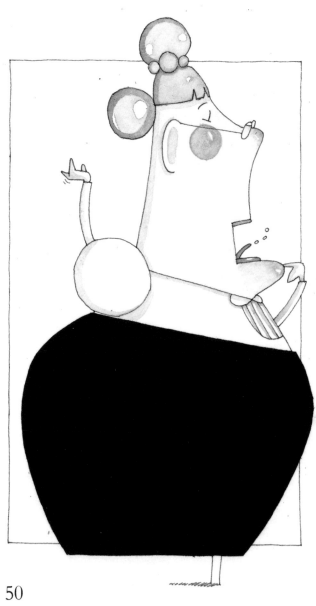

—¡Prometisteis
que os ibais a portar
como Dios manda!
    Pero no consiguió nada.
    En medio
de aquella enorme confusión,

el globo empezó a bajar
porque tenía muchas cuerdas rotas.
Bajó despacio,
poco a poco,
lentamente,
hasta que se posó en el suelo.

Pero... ¿sabes una cosa?
Pues que a los pocos días
continuaban todos el viaje
en un globo nuevo,
magnífico,
con mucho más espacio,
y cada viajero en su sitio.
Lo habían construido los animales
mientras la abuelita descansaba.
¿Qué por qué lo habían construido?
Pues porque ella
les había prometido una cosa.
¿Qué les había prometido?
Les había dicho:

—Si dentro de unos días
no tengo un globo nuevo,
os vendo en el mercado
y ganaré mucho dinero.
Con él daré la vuelta al mundo
en avión.
¡Os lo prometo!

Los animales trabajaron de lo lindo,
porque la abuelita siempre cumplía
lo que prometía.
Pero también
porque querían quedarse con ella.

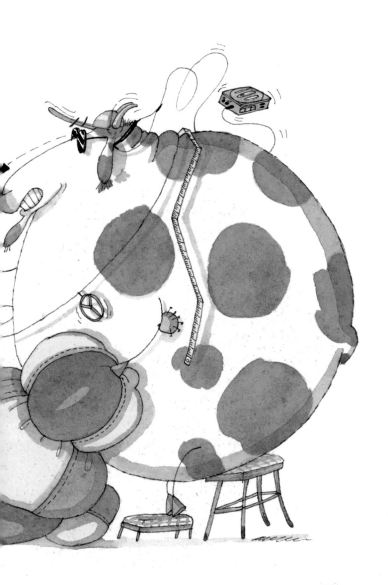

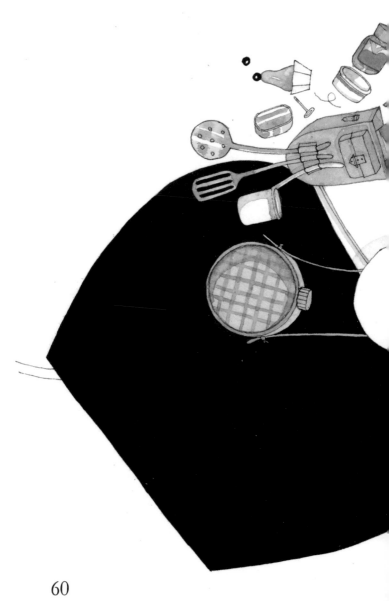

Porque...
en el fondo...
en el fondo...
¿dónde iban a encontrar
una abuelita tan aventurera?

EL BARCO DE VAPOR

SERIE BLANCA (primeros lectores)